名家美术高考改优示范系列之二

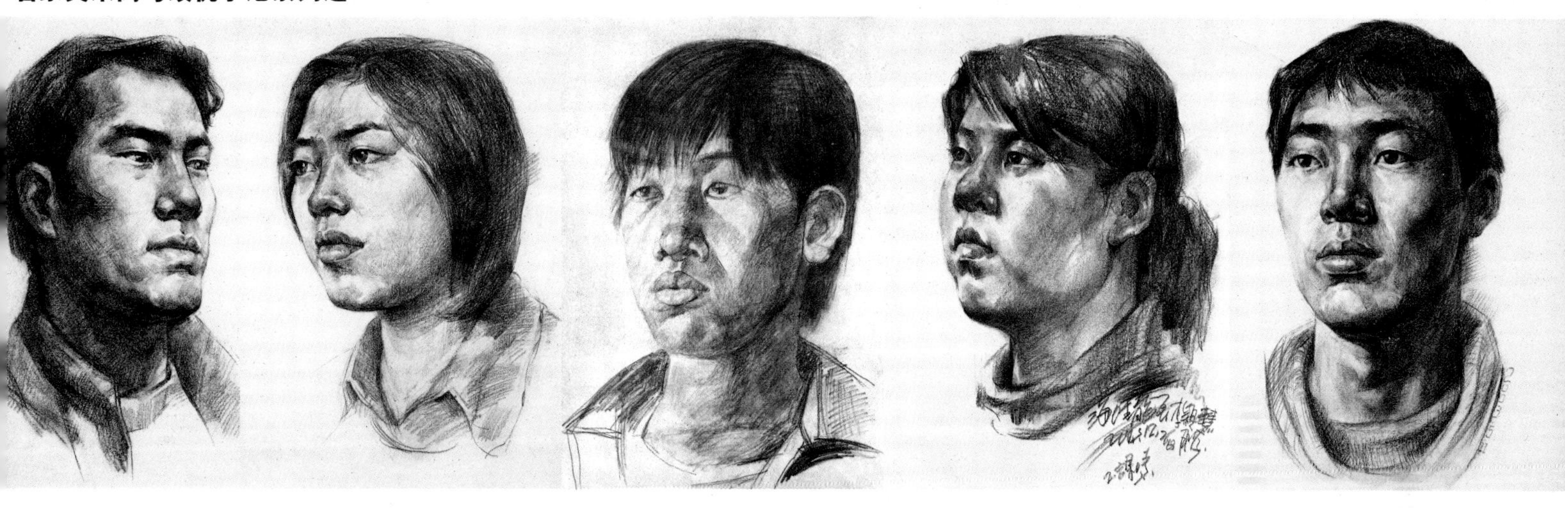

名家海晓龙头像改优

HAIXIAOLONGPORTRAITDRAWINGCORRECTIONS

编　著／海晓龙
AUTHOR／HAI XIAOLONG

吉林美术出版社
JILIN FINE ARTS PRESS

BRIEF INTRODUCTION OF WRITER

作者简介

海晓龙 1972年12月出生，辽宁本溪人。1997年毕业于东北师范大学美术学院油画系，获学士学位。2002年毕业于东北师范大学美术学院油画系，获硕士学位。现任东北师范大学美术学院油画系讲师（TEL：13354319286）。作品曾参加“纪念毛泽东《在延安文艺座谈会上的讲话》发表60周年全国美展”、“第三届中国油画展”及“首届全国小幅水彩画展”获优秀奖，还有大量油画、水彩作品参加各级展览，并获奖。

主编《高考美术卷面标准》丛书、《高考美术指导教师速写示范》、《高考美术指导教师色彩示范》、《高考速写掌中宝》等，作品发表于《当代写实素描头像》、《当代素描作品集》、《美术大观》、《当代北方青年画家作品集》、《精彩素描人体》、《学画规范临本》等30余部专业期刊、画册中。近年辅导高考考生，为全国高等艺术院校输送了大批优秀人才。

PREFACE

序

随着社会经济的发展，人们生活水平日益提高，对艺术的需求也日趋强烈。艺术院校不断扩招，美术高考成了热门话题。

一、关于高考制度与要求

我国现行的高考制度，经过几十年的运行，逐渐形成较为规范、科学的模式，已初具中国特色。基本要求即在具象范畴内测试学生的基本造型能力与艺术修养。因此，即使在艺术现象纷繁庞杂的当下，高考美术教育也有其相应的指向与操作规范。

二、关于学画

学生常问：“如何提高更快？”意即有何“秘诀”。回答是肯定的：“有，当然有。重视规律，抓住本质，抓住主要矛盾，势必事半功倍。反之，基础不牢，片面追求某家、某派的‘风格’、‘技法’，则是舍本求末，将事倍功半。”

三、关于教学

美术教学具有其特殊性，它不但要求教师清晰、深刻地讲授，还需要精彩地示范与改优，应了那句老话“光说不练，假把式；光练不说，傻把式”，现在叫理论与实践相结合。

最后，我想说：艺术道路有其高峰险阻，却又风光无限，愿各位考生一路走好。

成功属于勤劳、智慧的你！

海晓龙

于长春晓龙画室

2004年6月

学生作品

此画的头发画得过平，画头发应体现出头部的体面关系。改优作品将头发转折处提亮，突出了平、立面的关系；眉弓、鼻底，嘴唇及下颌在面部形成一个阶梯状起伏，应引起重视，着重刻画形体转折处，以体现厚度，拉大与平面的空间关系；另外耳朵太跳、锁骨偏上、衣领也缺少体面变化，画得平板、生硬。

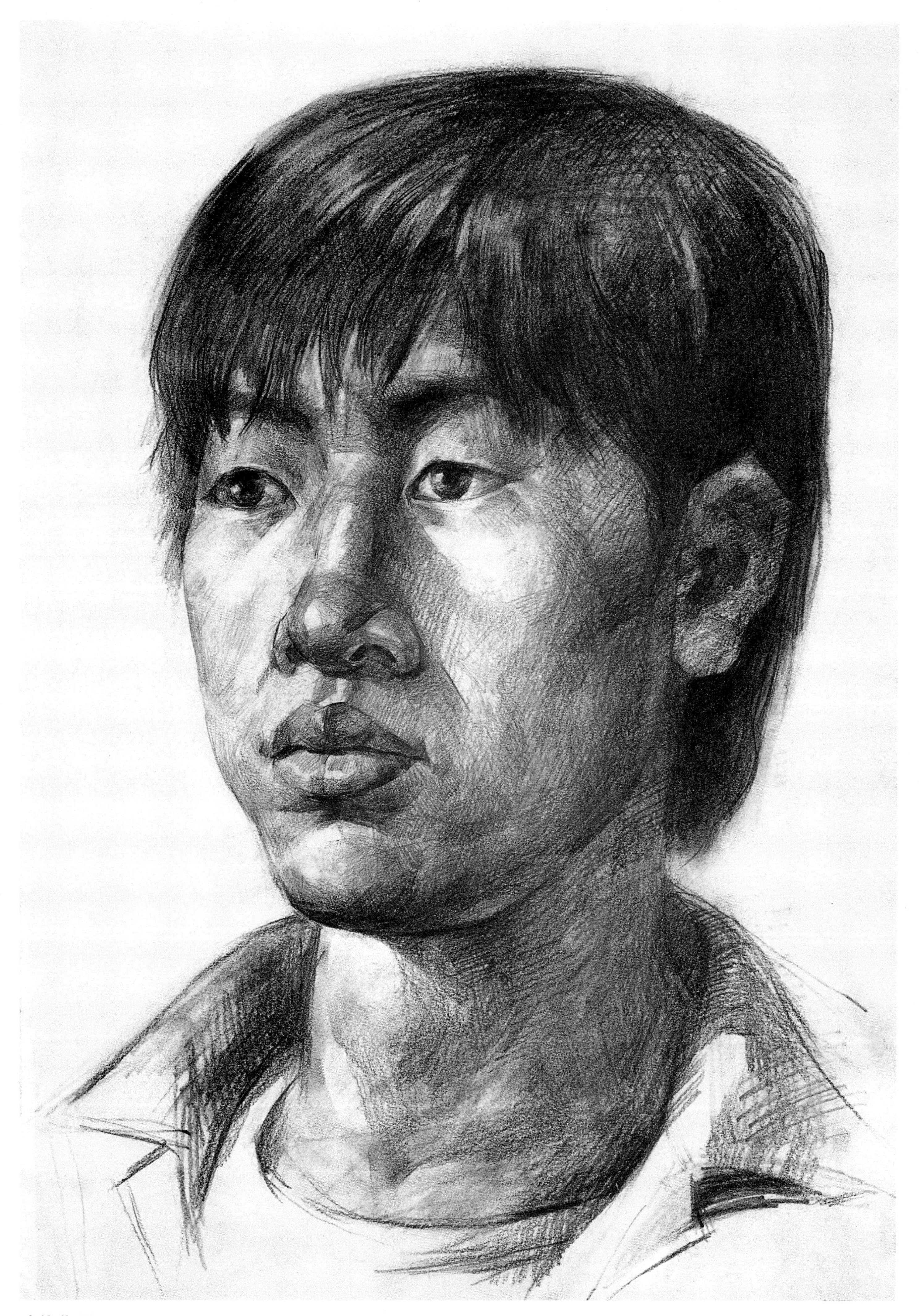

改优作品

学生作品

学习绘画，老师常强调要整体，注意大关系，用体面理解形体、塑造形体。理解问题我们要灵活、辩证、深刻，重视整体关系，用体面塑造，但绝不要空泛、概念、机械、生硬。骨点、肌肉，眼球、头发各具不同的特征，不能简单、雷同地“切面”、“塑造”。改优作品突出了对五官的刻画，强调了各部位的造型特征，丰富了面部的明暗交界线，减去亮部多余的调子，画面给人感觉主次分明，手法灵活，整体中富于变化。

改优作品

学生作品

这幅画画得比较轻松、活泼，但给人感觉还没画完。改优作品对眼睛、嘴、主要的骨点、明暗交界线略作调整，弥补了一些关系上的不足，突出了对神态的表现。

孜优作品

学生作品

五官是头像的重点，也是难点，要充分理解其生理结构及体面特征。局部临摹是个很好的办法，临摹时要多加分析、体会，抓住规律，这样才能真正起到临摹的作用。

改优作品

学生作品

这幅画的主要缺点是“僵”，注意比较改优作品中头发从上到下的松紧变化，比较五官的刻画及下颌部位的厚度。

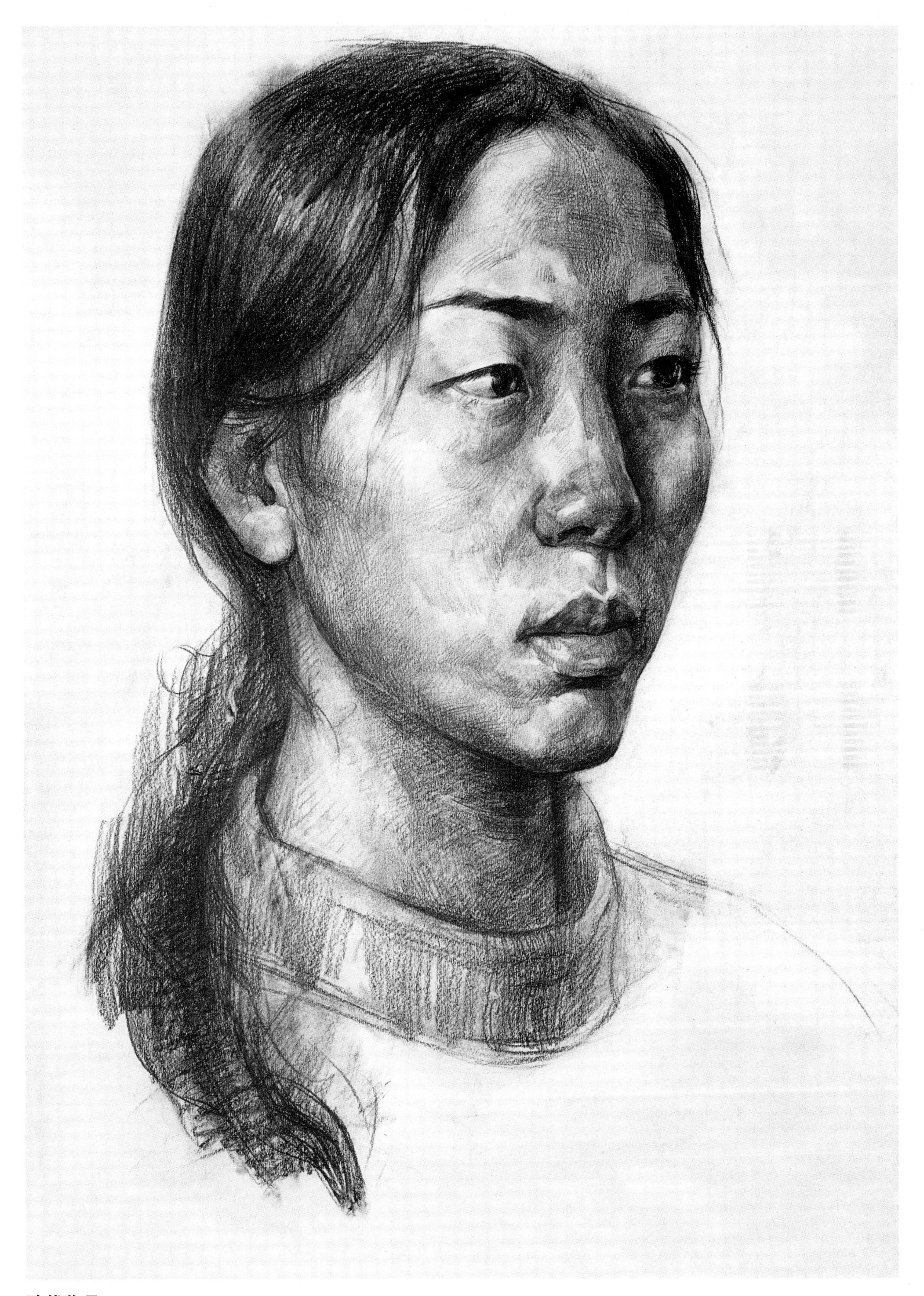

改优作品

学生作品

这幅作品画得过于简单，大的黑、白、灰效果不强，不够深入。如让其继续画，几乎还是在原有基础上重复一遍，这一问题具有一定的普遍性。最好能脚踏实地地临摹几张完整的素描作品，然后能知其不足。

改优作品

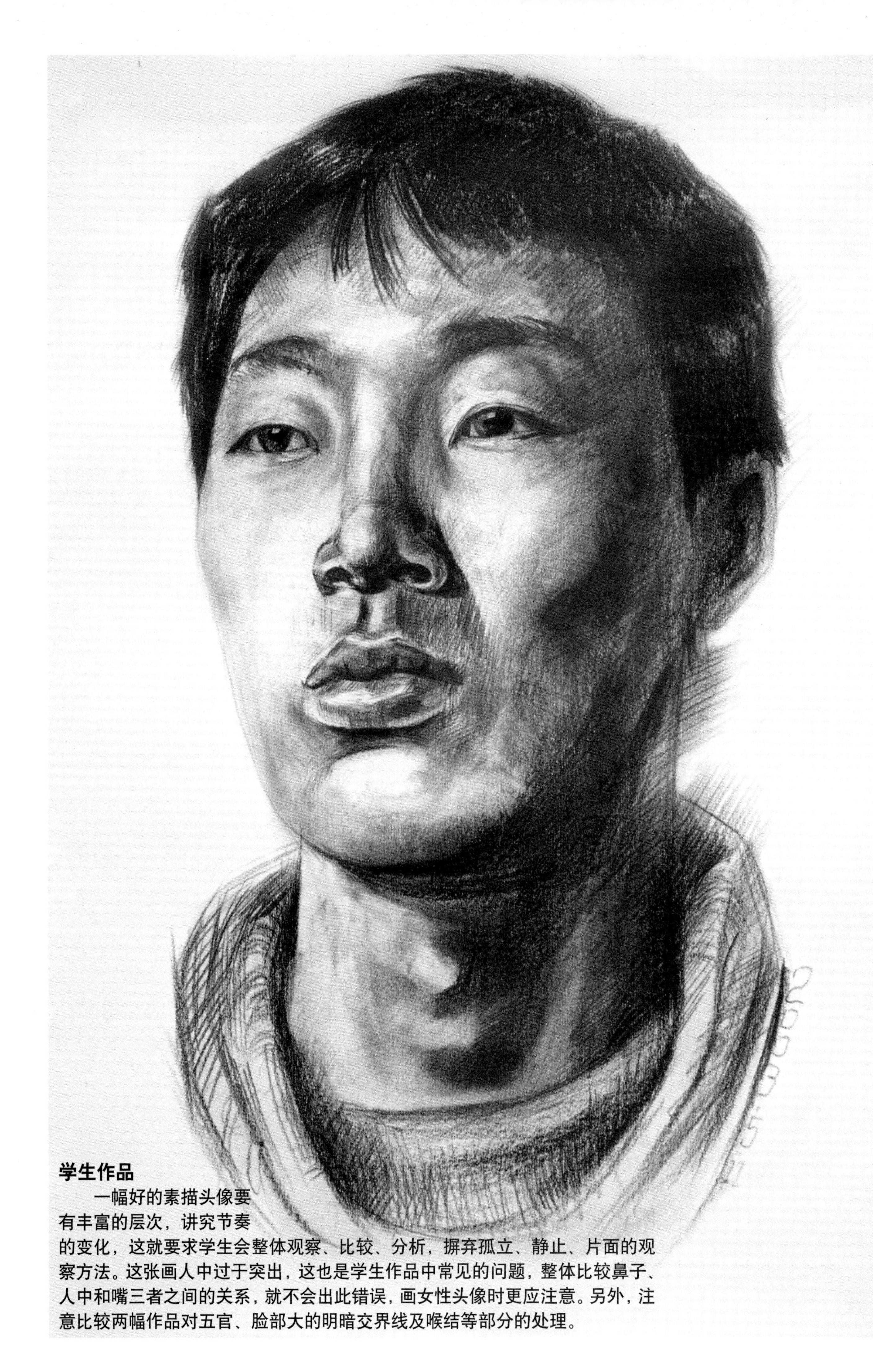

学生作品

一幅好的素描头像要有丰富的层次，讲究节奏的变化，这就要求学生会整体观察、比较、分析，摒弃孤立、静止、片面的观察方法。这张画人中过于突出，这也是学生作品中常见的问题，整体比较鼻子、人中和嘴三者之间的关系，就不会出此错误，画女性头像时更应注意。另外，注意比较两幅作品对五官、脸部大的明暗交界线及喉结等部分的处理。

改优作品

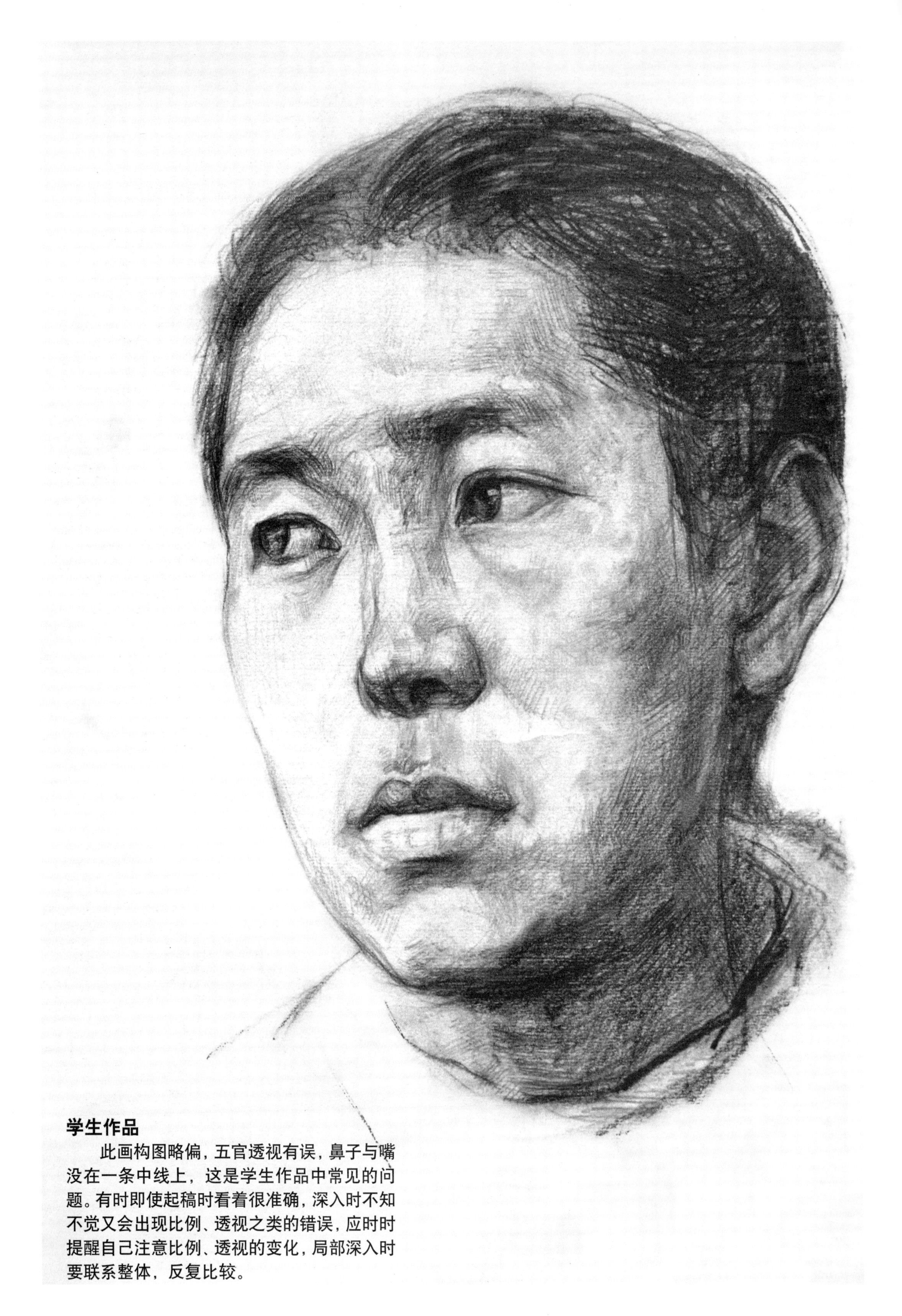

学生作品

此画构图略偏，五官透视有误，鼻子与嘴没在一条中线上，这是学生作品中常见的问题。有时即使起稿时看着很准确，深入时不知不觉又会出现比例、透视之类的错误，应时时提醒自己注意比例、透视的变化，局部深入时要联系整体，反复比较。

改优作品

学生作品

学生作品中，眉弓与眼睛的距离太近，鼻翼与鼻头比例有误，脸部从颧骨到下颌一带的明暗交界线过于简单、缺少变化，头发不够松动，上唇线简单、生硬，应加强与形体的联系。

改优作品

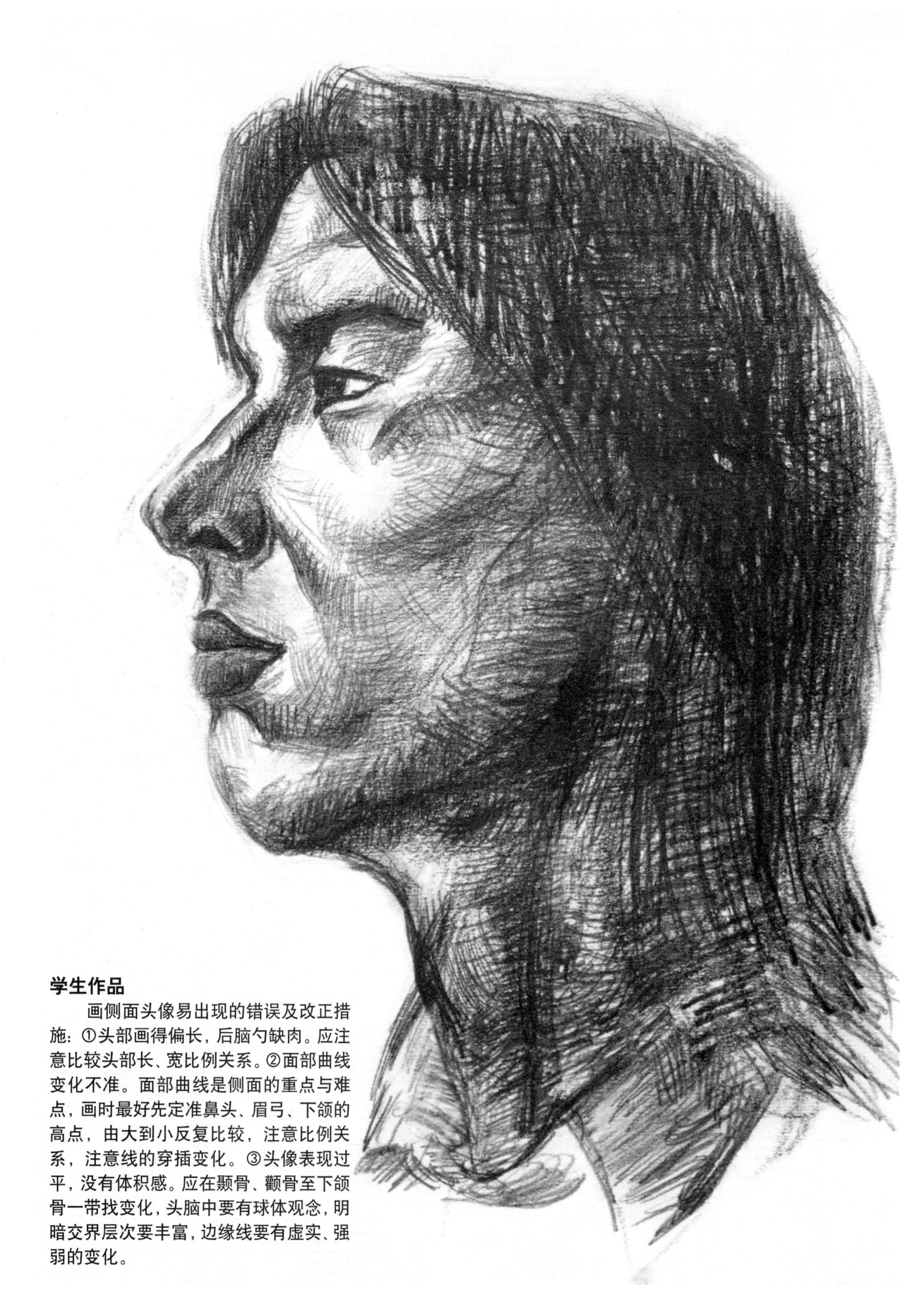

学生作品

画侧面头像易出现的错误及改正措施：①头部画得偏长，后脑勺缺肉。应注意比较头部长、宽比例关系。②面部曲线变化不准。面部曲线是侧面的重点与难点，画时最好先定准鼻头、眉弓、下颌的高点，由大到小反复比较，注意比例关系，注意线的穿插变化。③头像表现过平，没有体积感。应在颞骨、颧骨至下颌骨一带找变化，头脑中要有球体观念，明暗交界层次要丰富，边缘线要有虚实、强弱的变化。

改优作品

2003.4.

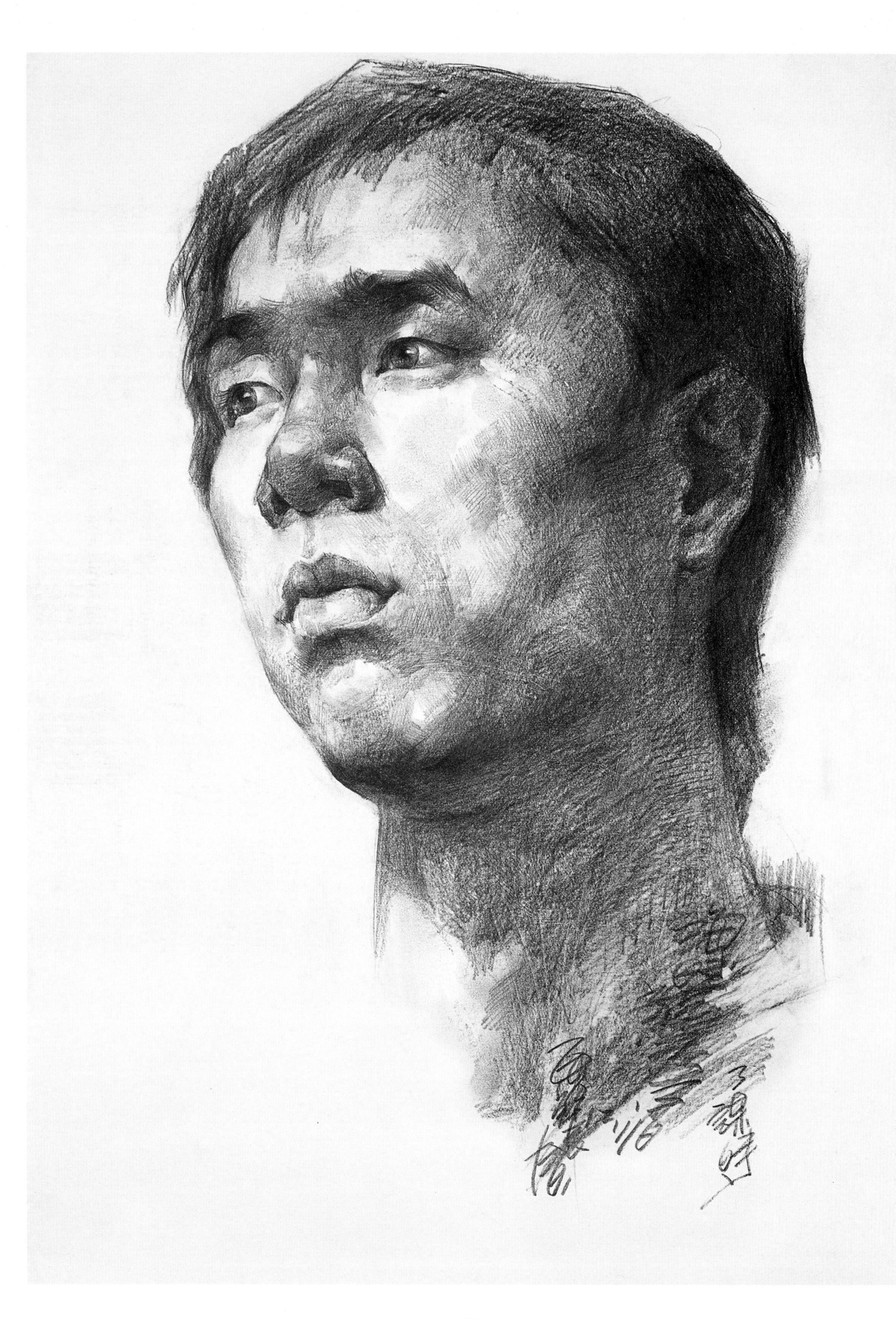